貓咪可不可以去上班 ❷
新鮮人報到

妙卡卡◎著／繪圖

貓咪可不可以去上班❷

新鮮人報到目次

P4	今日不宜面試	P30	聊八卦應注意事項
P6	工作的期望是……	P32	訂便當的學問
P8	禮多人不怪？	P34	訂便當的學問2
P10	面試必勝技	P36	午餐的學問
P12	面試必勝技？	P38	出差這檔事
P14	特殊規定	P40	準時下班的美德
P16	最佳的工作分派	P42	深夜加班驚魂
P18	好元氣好印象	P44	總機的花道
P20	好儀態好印象	P46	總機的花道2
P22	積極表現	P48	個人風格
P24	請假的理由	P50	團購的魔力
P26	會議相連到天邊	P52	堅守原則
P28	休息一下	P54	關於年假

P56 堅強的草莓
P58 有志難伸的時候
P60 最佳舒壓法
P62 貓老闆
P64 貨車司機
P66 稻草人
P68 候選人
P70 家庭主婦
P72 麵包師傅
P74 特技演員
P76 馬戲團團員
P78 貓學生
P80 田徑選手
P82 幫派份子
P84 幫派份子2
P86 幫派份子3
P88 和尚
P90 神父
P92 報恩貓
P94 後記

今日不宜面試

請於下週一下午兩點到本公司會議室面試

我知道了謝謝

我不喜歡下雨天出門

面試當天

妳好今天我不過去面試了

喔、我知道了為什麼呢？

還有，請你們以後不要約在下雨天面試好嗎？

無言以對

下雨天濕答答心情也不好，
政府應該訂定雨天假的喵。

工作的期望是⋯⋯

要在家附近找份工作真不容易啊
不然我來當SOHO好了。

禮多人不怪？

剛剛櫃台小姐臉色不大好，
是我多心了嗎？

面試必勝技

知道自己不可愛，
就要打扮的體面一點啊！

面試必勝技？

媽呀好緊張喔

請你自我介紹一下吧

啊、是、好。

輕鬆一點不用太緊張

腦袋一片空白

那個...

我...

我...

舔

擦

他在幹嘛？

好像在洗臉？

沒想到面試連個
點心什麼的都沒有

這不是反省的重點吧！

特殊規定

聽說有個貓前輩上班吃了 木天蓼，

作了 很離譜 的事，

但是大家都 不大想談 呢。

最佳的工作分派

1. 這是我朋友的兒子妳要好好帶他啊
   好···
   天啊···這種皇親國戚是能幹嘛？

2. 還是不要找自己的麻煩
   你的位置在那裡先去上網找資訊還有魚缸要餵，老闆很重視
   好、好

3. 啊、算了你還是不要顧魚缸···

4. 我就知道
   ······

喵！我個人覺得貓咪的

招財力比較好耶！

好元氣好印象

M作家就交給你了

他人很隨和

前責編

要給人家好印象才行！

元氣元氣

1

嗨！我是小襪！
是接手的責任編輯

嗯

M作者

2

以後請多多指教！

所以你打來只是要打招呼？

是啊

3

現在是半夜3點啊！！！

為什麼暴怒？

4

18

白天睡到一半
　　還要起來聯絡作家……
　　　這工作好辛苦喔！

好儀態好印象

儀容要整潔
才能給人好印象

我們貓族
更要講究

1

每根毛都要梳順
才行,鬍鬚當然
也不能忘記...

2

帥!
自己都覺得帥

那個,
菜鳥...

3

不要把八卦鏡
當鏡子用好不好

為什麼?

4

公司禁忌的東西好多喔，
不是努力打拼就好了喵？

積極表現

妹妹我要
積極表現

請說

喔，新人
不錯喔

這本狗狗詩集
根本沒市場啊

養狗的人不
會買書啦

更何況狗和詩
根本不搭啊

要賣誰啦？

假如我是消費
者的話，一定
會選貓咪 XXX
XOXO......

滔滔

oxox.....
貓又優雅又
有靈性...
xoxo.....

不絕

提醒妳一下
我們是行銷部喔

所以咧？

好！我要調去編輯部！

那你當初幹嘛應徵行銷？

請假的理由

糟了！
我又睡過頭了

你還好嗎？
怎麼還沒到
公司？

1

那...
我請半天
病假好了

我怎麼可能
准這種假！

3

我在路上
馬上就到了

可是我打的是
你家裡的電話耶

2

那我辭職好了！

!!
你竟敢威脅我

4

我不適合白天工作，
還是找個夜班職業吧

睏

會議相連到天邊

老闆也開會、副總也開會、
組長也開會，
其實，都跟我沒關係啊喵！

休息一下

休息是為了走更長的路
瞇一下吧...

光明正大睡覺！
還自備枕頭！

差不多該吃
午餐了吧

已經下班了！
怎麼沒人叫我？！

……老闆叫我不用來了，
有沒有寢具試睡員的工作呢？

呵欠～

聊八卦應注意事項

> 課長好

> 我聽到課長您的宿敵的糗事喔

> 宿敵！誰啊？

> 就二課課長啊
>
> 他剛剛被老闆刮一頓，臉超臭
>
> 別管那個啦你不要用嘴洗手好不好？
>
> 不要說了啦

二課課長

報告課長，

偶下次會先檢查有沒有人……

科長之手

訂便當的學問

是你們說要好吃的⋯⋯

又要好吃又要便宜哪那麼容易

訂便當的學問2

今天是鮭魚便當
一個只要 55 喔

而且我昨晚有
試吃過了
超 美 味

‧‧‧‧‧

怎麼了？

‧‧‧‧‧

該不會‧‧‧
5個都是
鮭魚便當吧

是啊

訂不同口味
是常識吧？
我不喜歡魚

你們很難伺候耶！

是你沒常識

我不要訂了

這些前輩真討厭！
像我什麼都好吃，多好相處啊！

午餐的學問

1

2

3

4

奇怪？
為什麼大家都跟我很不熟的感覺？

出差這檔事

出差中

你去買早餐吧

資料趕快檢查一下

1

可是，我已經吃過了

……

可是我們還沒吃啊

2

算了

那你去買吧什麼都好

3

不用了我沒有吃早餐的習慣

4

他好像真的很想吃，我去買好了。

才不是，他只是在使喚我啊！

準時下班的美德

明明大家東西都收好了

為什麼還東摸西摸的不回家呢？

深夜加班驚魂

1. 什麼屁責任制！根本就是加班加免錢的！

   那個菜鳥上廁所怎麼上那麼久？

2. 又黑又靜的好恐怖喔

   不會發生什麼靈異事件吧..

3. 突然出現

   哇靠！

4. 前輩咖啡給你

   你走路不要靜悄悄的啦...

   壽命少了八年

晚上加班特別有幹勁呢！
而且茶水、冷氣都不要錢喔！

總機的花道

要認識公司那麼多人，
對我們貓咪來說真的很困難啊～

總機的花道2

您好，這裡是
○○公司

您要找
基米課長嗎

他人...

不在辦公室
因為宿醉還沒來

說在開會就好啦

那基米科長在打瞌睡的話，
是要叫他接電話，
還是說開會中呢？

個人風格

把這些讀者意見縮到 30 字之內

OK！

打好了喵

喔、手腳真快

「絕對不能錯過啊喵」
Axxx

「沒看過一定會後悔的喵」
Mxx

「好期待續集喔喵」
Cxxxx

「值得大力推薦喵」
Exxx

「好好看啊喵」
Kxx

重寫！

喵？
為什麼？

蛤……加點個人風格都不行喔？

喵～

49

團購的魔力

那我們來團購木天蓼吧！
……咦？沒人想買嗎？

堅守原則

前輩……以後接電話的工作

你來做啦！

關於年假

> 不知不覺就12月了呢

> 對啊 一年又快過去了

> 一年！

1

> 對了 對了

> 差點就忘了喵

2

> 美麗的人事小姐 我的年假什麼時候 會下來啊？

3

> 工作滿一年才有年假喔

> 我工作14 個月啦

> 可是你來 我們公司才 一星期啊

4

喵……原來換工作有這種壞處喔

我民宿都訂好了說

堅強的草莓

妳不是說加油站很臭，連第一天都沒來

還來幹嘛？

請給我一次機會 我不想被說是草莓

我要忍耐
我要忍耐
我要忍耐

95加滿

好的...
從零開始...

喂！
妳沒事吧

貓果然還是不能太勉強啊⋯⋯

有志難伸的時候

1. 貓的靈魂是自由的

2. 有志不能伸 我還要困在這嗎？

3.

4. 那個菜鳥貓咪呢

他說心情不好 下午請假

什麼！ 我只是叫他說 重點而已。講 了半小時不知 在講啥 . . .

我不要忍氣吞聲了，

我要去賣雞排！

什麼？加盟金要三十萬！

最佳舒壓法

要學的事多
要做的事也多
壓力好大喔

啊⋯⋯
我被療癒了

妳不是有
舒壓工具嗎

蛤？
是啥啊？

我也要

我也要

喂！
我要收錢喔

等一下！是我要舒壓耶，

有沒有搞錯！

狗照片 怎麼看都很討厭啊！
你們去弄個貓狗共用的飼料，
這樣用我的照片就行了。
嘿嘿就這麼決定。

貨車司機

······被······被開除了······

還好酒測測不到木天蓼

太蠢了～
以為換成貓頭
我們就會怕嗎

啾
啾啾

1

喵！

2

喵哈哈哈
這工作實在
太好玩了

不過下次不能大叫

3

不過滿身泥巴
很討厭就是

4

沒事的時候就睡覺等小鳥，
超愜意的喵～

真搞不懂人類
　為什麼喜歡握手這套，
等我選上之後啊……

喵的老公一堆，
沒一個能幫忙的！

喵呵呵呵⋯⋯

這工作實在太適合我了。

快點拿去烤啊！

吐一吐肚子又空空的了，
來去吃飯吧！

各位觀眾

今晚的重頭戲要登場啦!

月亮馬戲團

空前絕後!超越貓體極限的驚人特技!

貓下腰!

請掌聲鼓勵鼓勵!

……

就這樣?

沒了?

冷靜

大家冷靜

為什麼

退錢!

退票!

退錢啦!

退票!

騙錢!

我從兩個月大就苦練至今……
貓咪下腰有多難，你們知道嗎？

貓學生

老師～隔壁班貓老師
都只上課10分鐘耶！

PS.請參見《貓咪可不可以去上班》

白癡白癡白癡！
喵啊～～～～

一聞就知道你是我老婆二舅的老三啦！

你的味道我小時候

聞過就記到現在啊！

84

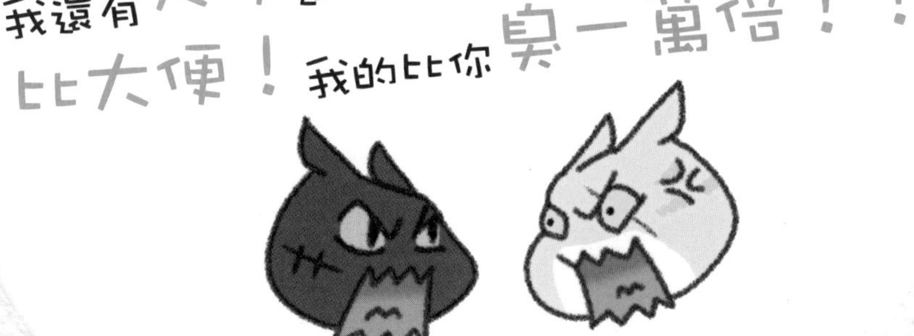
我還有大便這招沒用呢！
比大便！
我的比你臭一萬倍！！

其實，我只要有人陪就好了，誰先誰後都無所謂啦！

沒想到出家要連
保暖的本能都要捨棄，好難喔！

涼～

最近都沒人來告解了，
可見大家都過得很快樂，
可喜可賀可喜可賀，阿貓。

您的大恩大德，

我會用一輩子慢慢報答的。

雖然都是小東西啦！

妙副總～～
出版社叫你寫
第10本書的感言

在我這專業祕書盡心盡力的

輔佐之下，妙副總的作品也到了第10

本的里程碑啦，而且，每本作品我都有參與演出呢喵！

尤其《貓隱物語》中還是第一女主角呢！

妙副總你高不高興啊？
嗯？喜極而泣嗎？

唔⋯⋯

就在把稿子交出去的這兩天，我居然痛風發作！讓我兩

天幾乎不能走動。有多痛呢？有人這樣形容

痛死我了！
痛死我了！！

是嗎～～
那就再用力
一點吧～～

94

我才33歲啊，又不喝酒也沒大魚大肉，痛風為何會找上我？？
呃，好吧，醫生要我減重10公斤算是有點過重，但也不至於得這
中老年人的富貴病吧。更慘的是以後肉類食物幾乎都不能吃，
差不多要吃素了，我很多好料根本還沒吃過耶……，難道是上天
要我清心寡慾專心畫圖嗎？

離題太久了，還是要感謝國內國外的
買書的朋友的支持，我這樣小眾的作者
居然也有出到10本書的一天。當然也不
能忘了出版社，書一直賣得不怎麼樣卻
一直給我機會出書。

 謝謝大家～～

加我剛好10個

讓我湊一下熱鬧嘛

你不是搬走了

收入那麼少
還想花錢！

好想買
疊疊貓公仔……

2011.5.6
妙卡卡

95

貓咪可不可以去上班 ❷ 新鮮人報到

作　　者　　妙卡卡（部落格「貓貓塗鴉」http://blog.yam.com/myukaka）
企畫主編／責任編輯　陳妍妏
協力編輯　邱怡晴
美術編輯／封面設計　劉曜徵
總 編 輯　謝宜英
社　　長　陳穎青
出 版 者　貓頭鷹出版
發 行 人　涂玉雲
發　　行　英屬蓋曼群島商家庭傳媒股份有限公司城邦分公司
　　　　　104台北市民生東路二段141號2樓
　　　　　劃撥帳號：19863813／戶名：書虫股份有限公司
城邦讀書花園：www.cite.com.tw　購書服務信箱：service@readingclub.com.tw
購書服務專線：02-25007718～9（週一至週五上午09:30-12:00；下午13:30-17:00）
24小時傳真專線：02-25001990；25001991
香港發行所　城邦（香港）出版集團
　　　　　　電話：852-25086231／傳真：852-25789337
馬新發行所　城邦（馬新）出版集團
　　　　　　電話：603-90563833／傳真：603-90562833
印 製 廠　五洲彩色製版印刷股份有限公司
初　　版　2011年9月
定　　價　新台幣220元／港幣73元
Ｉ Ｓ Ｂ Ｎ　978-986-120-967-8

讀者意見信箱 owl@cph.com.tw
貓頭鷹知識網 www.owls.tw
歡迎上網訂購；大量團購請洽專線(02)2500-7696轉2729

城邦讀書花園
www.cite.com.tw

國家圖書館出版品預行編目資料

貓咪可不可以去上班. 2, 新鮮人報到 / 妙卡
卡著／繪圖. -- 初版. -- 臺北市：貓頭鷹出版：
家庭傳媒城邦分公司發行, 2011.09
　　面；　公分
ISBN 978-986-120-967-8(平裝)

855　　　　　　　　　　　　　　100014138